KB092392

꿈을 꾸듯
살고 싶은 너에게

꿈을 꾸듯
살고 싶은 너에게

김현진

행복우물

Contents

1.

너는 나의 모든 계절이야.

다른 사람이 찍어준 사진에도 내가 찍은 사진에도
너의 시선 끝엔 기어코 내가 있다.

나는 풍경을 담고, 추억을 담았는데
너는 또 마음속에 나만을 가득 담았다.

긴 하루 끝에 행복 요정이 기다리는 집으로 간다.

문을 열고 집으로 들어서면

행복 요정은 힘차게 뛰어나와 요술봉 꼬리를 휘리릭 흔들어

내게 행복의 마법을 부려줄 테지!

해가 뉘엿뉘엿 저물어가는 오후,

소파에 누워 핸드폰을 만지작거리다 창밖을 바라보는 너와

눈이 마주쳤다.

그러자 왕왕! 하고 크게 짖어 나를 부른다.

가까이 다가가 "왜? 밖에 뭐가 있어?" 하고 창문에 붙어 서자

너는 저물어가는 해를 한번, 나를 한번 번갈아 본다.

하늘 가득 모닥불이 피어오른 듯한 광경에

잠시 넋을 잃고 바라보다

이내 네 부름의 의미를 알아차렸다.

'저길 봐, 우리는 마지막 남은 오늘의 햇살을 즐겨야 해'

집으로 돌아가는 길.
너에게 주고 싶은 것이 너무나 많다.

햇살 한 줌,
바람 한 줌,
시원한 그늘 한 줌,

두 손에 가득 움켜쥐어갈까
주머니에 꾸깃꾸깃 넣어갈까
애써 담아 갈 필요 없겠지.
잠시 내 얼굴을 스쳐간 바람마저도
너는 다 알아챌 테니.

파란 하늘에 떠다니는 몽글몽글 하얀 구름,
바람에 흩날리는 민들레 꽃씨,
강물에 내려앉아 별처럼 반짝이던 햇살,

모두 너를 닮았다.

유난히 달빛이 깊게 드리우는 밤이야.

달에 바람을 후 불어 넣어.

한층 더 밝고 동그래진 달빛 아래 함께 있으니

그래, 내일 하루도 다 괜찮을 것 같아.

동네 작은 공원에서 계절의 바뀜을 온 마음으로 느껴.
이곳은 작지만 완전한 우주, 너와 나의 세상이야.

여기서 우리는 매일 '오늘의 반가움'을 찾아내고야 말지.
그건 너무나 멋지고 중요한 일이거든!

너와 있으면 모든 생각이 사라져.
나는 이렇게 너에게 기대어 살아.

당연하고 사소한 일상에
언제나 반짝이는 호기심으로,
사랑 담긴 관심으로,
나를 움직이게 하는 존재가 있다.

나는 강아지와 산다.

엉덩이를 씰룩이며 열심히 걷던 네가
잠시 멈춰 포르르 날아가는 새를 본다.

나도 너의 시선 끝을 따라
하늘을 올려다본다.
기분 좋은 바람이 우리를 스쳐간다.

다시 발걸음을 재촉하듯
나와 눈을 맞추는 널 보니 웃음이 나.

별것 없는 완벽한 행복이 있다면
바로 이곳, 우리와 함께야.

작고 편안한 숨소리를 내며 잠든 모습을 볼 때면
너에게 내어줄 편안한 잠자리가 있다는 것에 참 감사해.
그런 밤이 수없이 많이 지나
지금 이 시간들을 까맣게 잊을지라도
너를 사랑하는 이 마음은 결코 사라지지 않을 거야.

취향, 성격, 행동 모든 것이 달라도
같은 공간과 시간을 함께하는 것.

다른 곳을 바라보고 걸을 때에도
서로의 발걸음에 맞춰 걷는 것.

우리가 함께 하는 외출은
여름엔 여름이라서
겨울엔 겨울이라서
가방 가득 챙겨야 할 것들이 많다.

익숙지 않던 수고스러움이
기꺼이 해야 할 당연한 일상이 되었듯
이렇게 너를 사랑하는 일이 나를 치유하는 일이 되었다.

나는 너와 살면서
쉽게 행복해지기 시작했다.

최고야, 아주 잘했어, 너무 귀엽다
아이고 기특해, 네가 신나니 나도 좋아.

순간을 스치는 사소한 감정들이 전부 행복이 되었다.

부숭부숭 귀여움을 가득 머금은 털과
언제나 나를 향한 깊고 맑은 눈.

쿨쿨 깊은 잠을 자다가도
작은 인기척에 벌떡 일어나
나를 따라 바삐 움직이는 강아지.

일상 속 심심한 공백을
귀여운 소란스러움으로 채워 넣는 네가 있어
나의 하루엔 언제나 꽃이 피어나.

벌러덩 통통한 배를 뽐내며 쿨쿨 자는 네 모습에
왠지 모를 안도와 뿌듯함을 느낀다.

그리고 너에게 무엇을 더 줄 수 있을까 생각한다.
그래, 사랑. 사랑을 더 주어야지!

너라는 세상이 내게 와

내 마음은 종일 햇빛과 그늘 사이를 뛰어놀고,

따스한 바람과 시원한 바람을 번갈아 맞이하곤 해.

그런 기분 좋음이 쌓이고 쌓여

어느덧 내 마음의 나무도 꽃을 피우고 있어.

차가운 밤공기가 담긴
타닥타닥 모닥불 타는 소리.

하루의 피로를 씻겨주는
토독토독 빗물 떨어지는 소리.

계절의 완연함이 느껴지는
사르르릇 나뭇잎 흔들리는 소리.

시원한 물 한 잔에 하루가 흘러감을 알리는
챱챱챱 강아지 물 마시는 소리.

삶을 단단하게 채워주는 이 소리들을
어찌 사랑하지 않을 수 있을까.

매일 같은 길을 산책하면 지루하지 않냐고?
그렇지 않아!
일단 우리가 함께 밖으로 나가면 언제나 새로운 모험이
시작되거든!

촉촉한 코가 내 얼굴에 콕! 하고 도장을 찍으면
나의 하루는 시작된다.

이토록 사랑스러운 아침 인사와 함께라면
오늘도 무엇이든 해낼 수 있지!

갖가지 향을 담은 디퓨저와 캔들이 그토록 많은데
왜 반려동물 발바닥 꼬순내 향은 없을까?

'신나게 뛰어다닌 강아지 발바닥 꼬순내 향'
캔들이 나온다면 당장 주문할 텐데!

발걸음을 재촉해 네가 기다리는 집으로 간다.

집으로 들어서자 따뜻한 온기가 나를 폭 감싼다.

오롯이 마음 붙이며 사는 집.

나는 너로 인해 그것을 얻었다.

나는 더 많은 사람들이 방금 잠에서 깨어
눈이 부숭부숭한 강아지를 보며 하루를 시작했으면 좋겠다.
행복으로 가득 차오를 테니까!

잠든 네 곁에 살금살금 다가가

깊게 숨을 들이마시자

내가 가장 좋아하는 냄새가 가득 차오른다.

꼬순 꼬순 꼬순내.

사람들은 이 꼬순내 없이 어떻게 사나 몰라.

너는 마치 반짝이는 호기심을 늘 간직하고 사는 것 같아.

마주하는 모든 것들에 반드시 눈길을 주고야 말지.

그런 너를 보며 이제야 생각해.

끝없는 어둠 속을 헤매고 있다고 여기던 때에도

사실은 나를 둘러싼 모든 것들이 반짝이고 있었다는 것을.

흰 눈이 소복소복 내린 겨울날,
너와 눈 사이를 거닐며 기어코 초록을 찾았다.
'초록의 겨울'이라 부르고 싶은 계절이다.

닫혀있던 창문을 활짝 열자 서둘러 달려오는
귀여운 발소리가 들린다.
계절을 머금은 밤공기에 기분이 좋은지 코를 킁킁거리며
창밖을 내려다본다.
어두운 밤을 드문드문 밝혀주는 거리의 조명이 보이고,
맑은 두 눈에 반짝이는 별들이 찾아온다.
별을 가득 담은 너의 눈이 내게 다정히 속삭인다.

'행복은 지금 여기에도 있어'

너는 나의 모든 계절이고
지금은 너의 계절이야.

낮과 밤, 어스름한 새벽에도 나를 부지런히 따라다니는
하얀 그림자가 있다.
하얀 그림자엔 까만 콩 세 알이 톡.

나를 향해 빛나는 반들반들한 콩 세 알에 또 웃음이 난다.

2.

귀여움을 나눴더니 행복이 되었다.

햇살이 간지럽히는 걸까,

웃음이 멈추질 않아.

저길 봐, 땅 위에 있는 모든 것들이 달라지고 있어.

우리의 향기가 깊이 닿았나 봐.

킁킁! 킁킁!

나는 얼른 냄새부터 맡고 싶은데
엄마는 나를 앉히고 사진부터 찍곤 해.
이제 됐지? 하고 잽싸게 움직이고 싶었는데
글쎄 열 번이나 더 찍지 뭐야!
심통이 나려 하는데 엄마가 웃으며 안아줬어!
엄마의 웃음에 내 꼬리도 금세 살랑였지.

'엄마가 좋으면 나도 좋아!'

뭐지 이 쿠션감은!

폭닥! 폭닥! 꾹꾹이 하기 좋구먼!

나는 귀여움을 모으는 수집가!
오늘도 이 시선에 사랑을 가득 담았지.

뭐야 뭐야~?

우리 보러 온 거야?

행복을 줄게요. 가득 받아 가세요!

여기 보세요~ 찰칵!

핸드폰 앨범에 가득한 너의 사진들이
가방 안에서, 주머니 속에서 자꾸 나를 부른다.

"어서 귀여운 날 보고 힘내!"

함께 하는 모든 순간이 우리에게 말해.

'언제나 오늘이 최고의 날 같아!'

너에겐 나의 향기가 가득하고,
나에겐 너의 향기가 가득하지.

우리의 향기가 함께니
온 세상 꽃들이 다 모인 것 같아.

고요함이 내려앉은 나뭇잎 사이로
바람이 가볍게 흥얼거리고,
우리는 그 틈에 잠시 멈춰 선 채로 서로를 본다.

귀여움이 내려앉은 털 위로
사랑이 사락사락 새어 나온다.

누구에게나 마음의 뜰채가 하나씩 꼭 있어.
내 몫의 행복을 뜰채로 건져 차곡차곡 모아보는 거야.

귀여운 상상만으로도
행복이 보글보글 차오를 거야.

체력이 떨어져서 운동 좀 해야 하는데
운동을 할 체력이 없다.

체력은 어디서 사나요?

별 수 없지!

일단 그냥 해보는 거야!

그런데 그거 알아?

그냥 한다는 건 알고 보면 엄청난 일이라는 거.
용기 내 시작해 봐!
너도 몰랐던 또 다른 멋진 너를 마주하게 될 거야.

지금껏 생각하지 못한 멋진 일이 날마다 일어날지도 몰라.

3.

너에게 들키고 싶은 마음.

이따금 스쳐가는 나의 어린 날,
그 겨울에 너와 함께였다면 어땠을까 생각해.
가만히 눈을 감고 상상하니 마치 너와 함께 있었다는 착각이 들어.
그토록 힘들었던 날 사이사이에 이렇게 너를 불러.
함께 있어달라고 부탁하는 거야.

누구에게도 들키고 싶지 않았던 마음이
너에게는 꼭 들키고 싶은 마음이 되고 말아.

어쩌면 나는 너와 매일 산책을 하고,
너의 온기에 기대 기분 좋은 낮잠을 자고,
마주 앉아 과일을 나눠먹는 지금의 삶을 누리기 위해
지난한 시간을 견뎌온 것이 아닐까 생각한다.

그토록 힘들었던 시간들이
결국 너를 만나 행복에 닿기 위한 과정이었다 생각하니
과거를 부르는 일이 귀찮아졌다.

지금을 살아가게 하는 네가 참 좋다.

바람을 가르며 신나게 달려온
너의 복슬복슬한 털 사이사이에서
바람 냄새가 가득했다.

달리는 것을 잊고 살던 내게
'달릴 때 나는 바람 냄새가 바로 이거야'
하고 알려주는 것 같았다.

고구마를 쪄서 네 앞에 앉아
입 바람으로 후후 불며 껍질을 벗겼다.

"이건 앞으로 네가 냄새만 맡아도 꼬리를 흔들게 될 냄새야~"
하고 내가 말하니
마치 나의 말을 이해한 듯
세차게 꼬리를 흔드는 널 보니 자꾸 웃음이 난다.

우리는 이렇게 서로의 마음을 꼬옥 안아주며 살아가고 있는 거겠지.

계절이 지나감을 알리는 바람 한 자락이 스쳐가며 인사를 건네는 날이면
바람에 헝클어진 너의 털이 나직이 속삭이는 것 같아.

지금이 바로 행복에 쏙 파묻히는 순간이라고.

나는 언제나 상대를 안심시키는

반듯함을 지닌 사람이 좋다.

내가 사랑하는 이들에게 보이는 닮음의 결이 그렇다.

결코 쉬이 변하지 않을 반듯함에 기대어

이렇게 또 하루를 살아간다.

뾰족뾰족 날이 선 걱정들이 마음에 파고드는 날이면
네 발 걸음의 박자에 맞춰 걷고 또 걷는 거야.

그렇게 걷고 나면 동글동글해진 마음이 하늘 위로 두둥실 떠올라.
나를 찌르던 매서운 걱정들은 서서히 작은 점이 되어 사라지지.

마음에 비바람이 몰아쳐 거세게 요동치는 날이 있어.
그런 날엔 네 옆에 누워 가만히 네 숨소리를 들어.

언제 그랬냐는 듯 거센 비바람이 잦아들고,
모든 게 여느 때와 같기만 할 뿐이야.

사람 나이로 셈을 해보니

너도 이제 꽤 세상살이를 이해할 때가 된 것 같더라.

그런데 말이야.

너는 여전히 흙을 파먹고,

아무 풀이나 무작정 뜯어 먹어 나를 놀라게 해.

어떤 날은 털 사이사이에 나뭇잎을 잔뜩 숨기고 들어와선

시치미를 떼더라니까.

그런데 정말 이상한 건 말이야.

나는 그런 너를 너무나 사랑한다는 거야.

반질반질한 네 코에 붙은 나뭇잎을 떼주고,

흙투성이가 된 너를 씻기면서도

나는 내내 웃고 있더라고.

아마도 나는 너와 함께 하는 모든 시간을 사랑하나 봐.

열심히 살아가다 쉼이 필요할 때
언제든 가방 하나만 챙겨 가벼운 마음으로
찾아갈 수 있는 곳이 있었으면 좋겠다.

언제 어느 때 와도
무슨 일 있느냐 묻지 않고,
왔구나 쉬었다 가렴.
하고 반겨주는 그런 곳.

비가 많이 내리는 날엔 산책 대신
창문을 조금 열고 너와 함께 바깥공기를 가득 들이켜보곤 해.
창밖을 바라보는 너의 뒷모습에 자꾸 웃음이 새어 나와.

나는 이렇게 너 모르게 조금 더 행복을 느껴.

처음으로 함께 널찍한 돌다리를 건넜던 날, 기억나?

나를 믿고 용기 내 발걸음을 옮기던 네 모습이 가끔 생각나곤 해.

살아가다 내 존재가 아주 작고 바보같이 여겨지는 순간이 오면

나는 그날을 떠올릴 거야.

우리가 해낸 멋진 일들이 내게 자꾸 용기를 주거든.

다시 무언가를 해낼 수 있을지 스스로에게 묻는 날이 길어지고,
그렇게 힘을 잃어가는 내 삶으로 네가 성큼 들어왔다.

나는 너를 그렸고, 너를 닮은 사랑스러움을 그렸다.
그렇게 좋아하는 일을 찾았고, 조각난 마음들도
제 자리를 찾아가기 시작했다,

너는 알고 있을까?
너의 모든 사소함이 내게 꿈을 심어주고 있다는 것을.

계절이 지나는 시간은 순간순간을 사랑해야 느낄 수 있어.

쉼 없이 달려온 내게 주어진 쉬어갈 시간,
선물과도 같은 지금, 우리가 함께야.

바람결에 흩날리던 나뭇잎이 나지막이 속삭였다.

'떨어지고 있어도 나는 기분을 느낄 수 있다는 건 정말 멋진 일이야!'

바람에 힘 없이 떨어지는 줄 알았던 나뭇잎들이
사실은 아름다운 선을 그리며 춤을 추고 있다는 것을
이제는 안다.

너와 함께하는 소중한 일상이
내 안에 차곡차곡 쌓여
언젠가 나를 완전하게 할 것을 알아.

너의 시간은 뭐가 그리도 급한지 빠르게도 지나가.

덩달아 내 마음도 자꾸만 바빠져.

흘러가는 시간을 붙잡을 순 없지만

함께 보내는 시간을 가득 채우며 보낼 순 있으니

우리 더 부지런히, 온 마음을 다해 사랑하자.

잠을 깊게 자지 못하고 새벽 내내 뒤척이는 내 곁을
따뜻한 온기로 함께하는 너는
꿈속을 헤매는 날들에 편안히 잠드는 밤을 데려와주었다.

너는 내게 눈부신 봄을 불러와준 줄만 알았는데
어느덧 평온한 밤도 데려와주었다.

아침 일찍 서둘러 산책을 나왔는데도
태양 볕이 꽤 뜨겁다.
그늘진 곳만 밟으라고 몇 번 시범 삼아 보여주니
그늘진 길로 앞장서 산책에 나선다.
어떻게 내게 이렇게 사랑스러운 강아지가 왔을까.

너와 있으면 모든 것이 자연스럽게 느껴져.

길을 잃어 들어선 낯선 길,
앞서 걸으며 몇 걸음에 한 번씩 뒤를 돌아보는
너의 다정함에 팽팽했던 마음을 내려놓아.

이내 익숙한 바람이 불어오고,
나는 그제야 깨달았지.

낯선 곳에서 두 발을 단단히 내딛는 일은
꽤 설레는 일이라는 것을.

꽁꽁 숨어버리고 싶은 날이 있어.
그런 날이면 너에게 바싹 붙어 스며드는 슬픔을 몰아내.

천천히 말하고 느릿느릿 걷기.
가만히 앉아 고른 네 숨소리 듣기.
아삭아삭 거리며 사과 먹는 네 모습 바라보기.

이건 거센 빗줄기 사이로 빛을 찾아내는 일이야.

많은 시간이 지나
너를 생각하고 생각하다 보니
시간을 담는 법을 배웠다.

함께했던 그때의 날씨와 계절조차
이제는 선명하지 않지만

나는 언제고 너와
짙은 초록의 날들을 나란히 걷고,
쏟아지는 빗속에서도 함께 춤을 추며
시원한 바람의 숨결을 만끽한다.

바람마저 잠드는 시간.
쓸데없는 사색이 깊은 어둠으로 가자며 손짓한다.
이내 푸슬푸슬한 너의 털이 내 살결에 닿는다.

어둠 속에서도 선명히 빛을 내는 두 눈이
흐릿해진 나를 붙잡는다.

'괜찮아, 여기 내가 함께 있어'

그렇게 나의 발길을 단단히 붙들어준다.
눈이 부시도록 빛나는 너를 본다.

'그래, 어둠이 와도 괜찮아.
네가 함께니까'

4.

갈 수 있는 만큼 멀리 산책 해보기.

계절의 맺음이 봄이었으면 하는 바람처럼
사람의 관계에도 맺음이 있다면
구태여 마음을 붙잡지 않는
적당한 온도의 다정함이 함께이길 바란다.

내가 무엇을 좋아하는지 알아차리고,

마음껏 좋아해 보는 거야.

쉽지만 용기가 필요한 일이야.

내 안에 쌓인 좋아함의 시간은 삶을 더욱 단단히 지탱해 주고,

언젠가 나를 둘러싼 모든 것을 달라지게 해.

문득 어떤 멜로디가 떠올랐을 때
마음속으로만 속삭이지 않고,
입 밖으로 흥얼거리는 것.

감정과 생각이 차오를 때면
사진이나 글, 그림 그 무엇으로든 기록하는 것.

이런 사소한 움직임은
내가 행복하기로 결정했다는 것을
스스로에게 알려주는 일이야.

별다를 것 없이 반복되는 일상에서
'오늘의 어여쁨'을 자주 보아야 한다.

그 어여쁨이 무엇인가는 저마다의 몫이기에 더욱 귀하다.

우리 모두가 스쳐 지나가는 귀함을
자주 마음에 담을 수 있기를.

균형 잡힌 일상을 무탈히 유지하기 위해선
스스로를 돌보는 일이 중요하다.
이따금 차분히 숨을 고르고,
더 나아가기 위한 쉼을 배워야 한다.

그 쉼에는 마음의 안식처와 같은
존재가 함께면 더욱 좋다.
가만히 누워 서로의 온기를 나누는 간결한 행동만으로
쉼의 시간이 시작된다.

이 쉼을 통해
나는 다시 사랑하고, 살아간다.

오랜 시간,

마음을 들여놓을 무언가가 있다는 건

그 자체로 우리의 삶을 더욱 풍요롭게 만들어준다.

그 무언가는 어린 시절 안고 자던 인형일 수도

행복이 담긴 작은 공간일 수도

엄마 냄새가 스며든 오랜 침구일 수도 있다.

우리는 삶이 힘들수록

그 무언가를 놓치지 않고 살아가야 한다.

그렇게 나를 아껴주어야 한다.

고요한 시간,
집안을 타닥타닥 돌아다니는 너의 발소리가 들린다.
살며시 귀 기울여 너의 마음을 본다.

낮 사이 집안 곳곳 묻혀놓은 우리의 즐거움을 확인하고 다니는 걸까.
혹시 내가 뱉은 한숨을 주우러 다니고 있는 건 아닐까.

한참 곳곳을 돌아다니다 이불 속으로 쏘옥 들어온 너의 온기가
오늘 하루를 다정히 보듬어준다.

혼자 있는 시간에도 혼자가 아님을 깨닫는 때가 온다.
그래서 고독은 결코 외로움이 아니다.
우리는 다른 공간과 시간 속에서도
함께 나눈 감정과 생각, 가치관, 신념, 나아가고자 하는 열망
그 무엇으로든 연결되어 함께 존재한다.

우리는 결코 혼자가 아니다.

너를 사랑하면서 나는 꽤 수다스러워졌어.

대답이 돌아오는 것도 아닌데

너만 보면 내가 아는 온갖 예쁜 말을 다 말하고 싶어.

그리고 그 말들의 음을 따라 꼬리를 흔들며

두 눈에 나를 가득 담는 네 모습이

나는 또 너무 좋아.

글을 읽고 쓰고 사유하는 것은

비가 오면 오는 대로

날이 흐리면 흐린 대로

내 안에 햇살을 드리워

꽤 괜찮은 하루를 보낼 수 있는

가장 확실한 의식과도 같은 일.

그림을 그리고 보고 마음에 담는 것은

모난 마음속 가장 어여쁜 방을 열어

그곳의 나와 마주하는 일

오랜 시간
미움과 용서 사이를 오가며
온갖 나쁜 감정들을 내 안에 퍼부으며 살았다.

지난했던 그 시간에
지친 몸을 기대어 보니 알게 되었다.

내가 할 수 있는 용서란
있었던 일을 없었던 일로 만드는 일이 아닌
그저 타인의 삶을
조금 더 이해하는 일이라는 것을.

그렇게 미움과 용서 사이
적당한 귀퉁이를 찾아 발을 붙였다.
이내 쉼 없이 들이치던 요란한 바람이 잦아들고,
나의 시간도 흘러가기 시작했다.

마음을 기울인 곳에선 기분 좋은 내음이 난다.

그 내음에는 작지만, 선명한 빛이 있다.

살뜰히 보아야 찾을 수 있으며 비로소 닿을 수 있다.

꿈을 꾸듯 사는 나의 하루하루가 모여

반짝이는 또 다른 하루하루를 맞이하게 한다.

publisher　　instagram　　kim_hyunjin

꿈을 꾸듯 살고 싶은 너에게

초판발행 2024년 1월 12일

지은이 김현진

펴낸이 최대석 **펴낸곳** 행복우물 **출판등록** 307-2007-14호

등록일 2006년 10월 27일 **주소** 경기도 가평군 경반안로 115

전화 031-581-0491 **팩스** 031-581-0492

전자우편 book@happypress.co.kr

값 18,300원　**ISBN** 979-11-91384-87-1